せんねん町の地図
こどもの城
アイスクリーム
ドーナツ
スーパーまいど
クリーニング
つりぼり
まんねん小学校
公園
自転車屋

ここは、せんねん町の、まんねん小学校。
このさい、はっきりいうけれど、
じつはこの小学校には、
こんな部屋も、あるんですよ……。

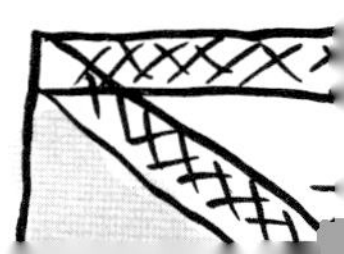

マグロおどりで
おさきマッグロ
村上しいこ 作
田中六大 絵

あそび室の日曜日

あそび室は、まんねん小学校の中でも、
ちょっとかわった教室です。
おもちゃが、いろいろあって、いきぬきをしに、
子どもたちがやってくるのです。
でも、きょうは日曜日。
おもちゃたちのほうが、いきぬきをしています。
「なんか、いいことないかなぁ。マリーちゃん。」
ぬり絵ノートから出てきた、アイドルが、
人形のマリーに、話しかけます。
「空から、フライドポテトでも、
ふってこんかなぁ？」

マリーが、まどから空を、見上げます。
「それは、むりやろ。
フライドチキンなら、とんでくるかも。
あっはっはっ。」
ふたりがわらっていると、
けんだまが、きびしい声でいいました。
「どりょくしてないくせに、いいことが、
ころがりこんでくるわけないやろ。」
「そうそう。」
「けんだまもしょうぎも、どりょくがだいじやねん。」
角と飛車が、むねをはります。

「わたし、どりょくとか、にがて。」
オセロがいうと、
「人生は、イチかバチかの、
うんだめしやもん。」
ボードゲームが、
体(からだ)のルーレットをまわします。
そこへ、車のおもちゃにのった
たいこが、やってきました。
「ぼくらは、楽(たの)しかったら、
いいねん、ドンドコドン。」
「せやな。」

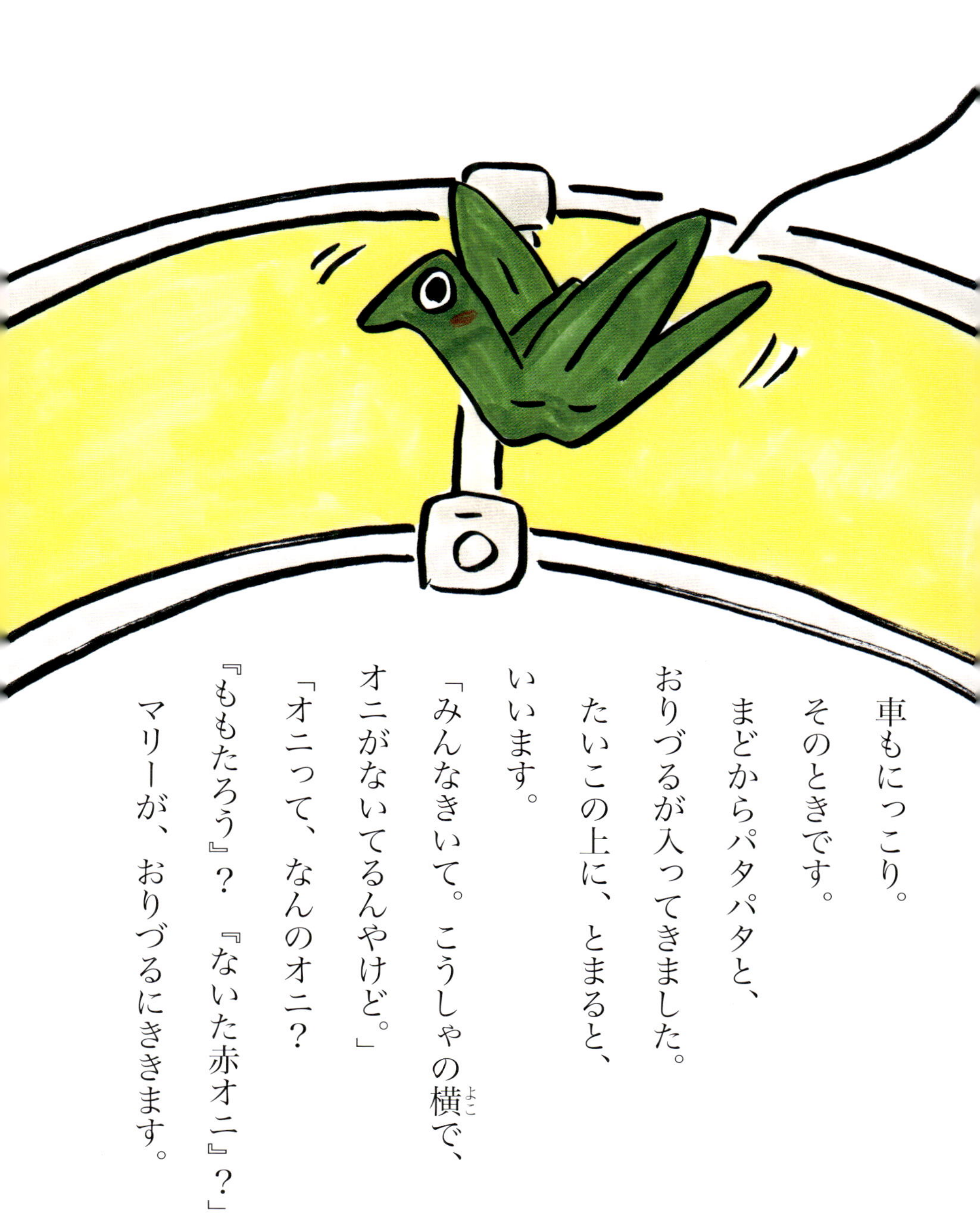

車もにっこり。
そのときです。
まどからパタパタと、
おりづるが入ってきました。
たいこの上に、とまると、
いいます。
「みんなきいて。こうしゃの横で、
オニがないてるんやけど。」
「オニって、なんのオニ？
『ももたろう』？『ないた赤オニ』？」
マリーが、おりづるにききます。

まんねん小学校では、日曜日になると、図書室の本の中から、
いろんなキャラクターが出てきて、遊んでいます。

「なんのオニやろ？」

おりづるが、首をかしげていると、

「みんなで、いってみよ。」

けんだまが、キリッとした目で、よびかけました。

「よっしゃ、いくぞ！」

角と飛車が、ろうかへいそぎます。

「ぼくたちもいくで。ドンドコドン！」

「せやな。」

車は、たいこをのせて走ります。

ほかのみんなも、
あとをおいます。

あそび室のみんながいくと、
オニがしゃがんでいました。
ひざをかかえて、
しくしくないています。
　こうしゃの
かべには、かなぼうが、
たてかけてありました。
「オニさん、どうしたん？　ころんで、けがしたん？」
けんだまが、たずねました。
オニはこたえません。
「ももたろうに、いじめられたんとちゃうかな？」

角がいうと、「なんでやねん！」と、飛車がつっこみます。

「じゃあ、きびだんごをつまみ食いして、
しかられたとか？」

と、角。

「自分と、いっしょにしたらあかん。」

「わかった！　動物ずかんから、
ワニをつれてきて、
キジを食べさせようとして、しかられた。」

「こわすぎるやろ！」

角と飛車が、いいあっていると、オニはあきれて、
なきやんでいました。

「ぼくは、『ももたろう』の
本から出てきた、
オニではありません。」
「ほな、『ないた赤オニ』なん？」
ボードゲームがききます。
「そんなに、赤くないやん。」
マリーが、
オニをゆびさしました。
「そしたら、なんやろ？」

オセロが、あちこちから
オニを見上げます。
オニが、手のひらを広げました。
そこには、まめがありました。
「あっ、せつぶんや！」
けんだまが、ほっぺたを
ふくらませています。
「けど、せつぶんのオニが、
どうしてないてたん？
ほら、これで顔をふいて。」
アイドルが、ハンカチをわたしました。

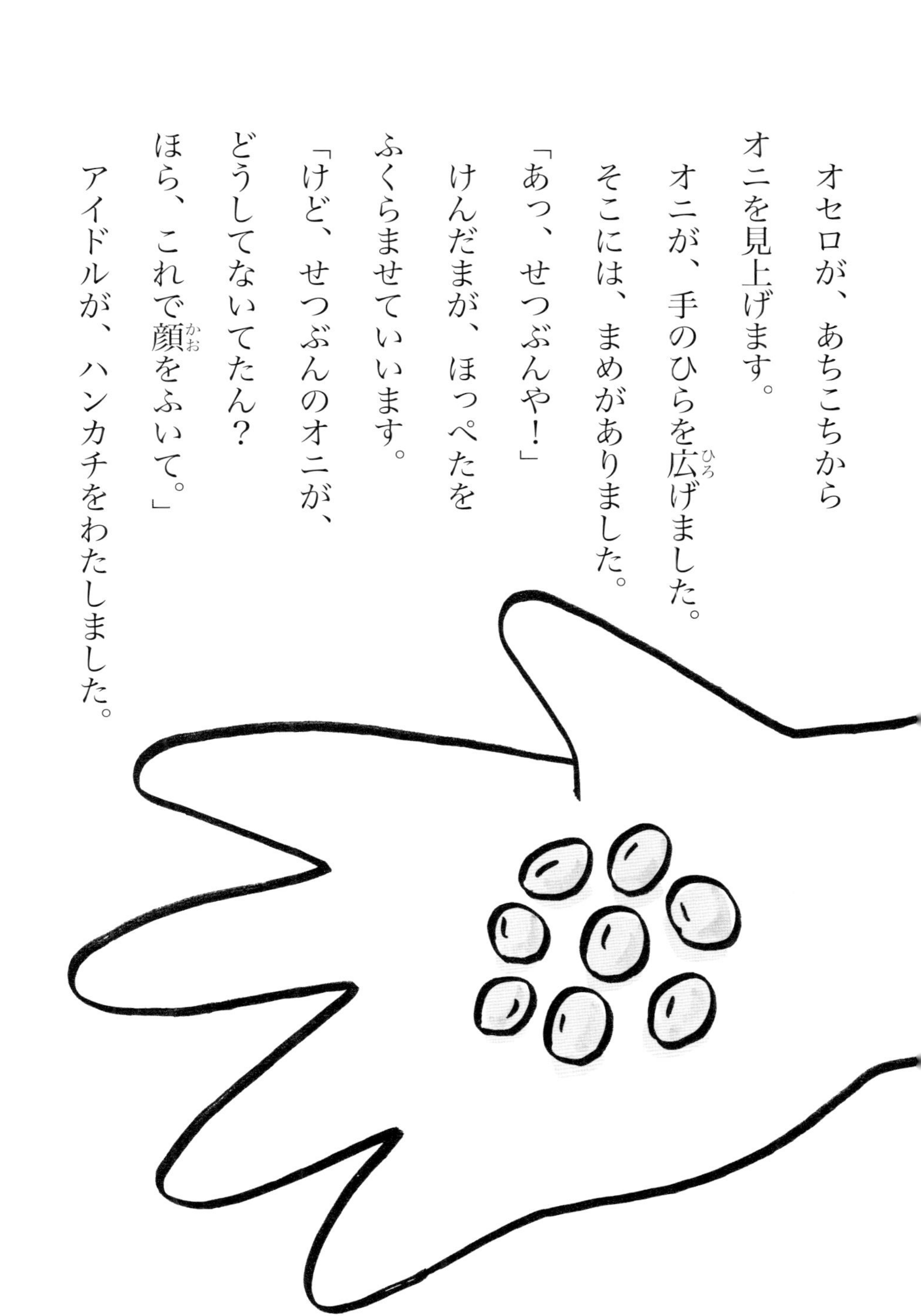

するとオニは、とつぜんそのハンカチを、じめんになげつけます。

「ちょっと！　なんてことするの！」

マリーが、どなりつけました。

「うるさい。おれは、オニなんだぞ！」

オニは、どなりつけると立ち上がり、かなぼうを、ふり上げました。

「なんでやねーん！」

あそび室のみんなは、オニからにげました。

しかしオニは、おいかけてくると思ったら、

またしゃがんで、なきだしました。

あそび室のみんなは、心配で、またそばにいきます。

「なあ、ほんまに、どうしたん？」

マリーが、顔をのぞきこみました。

「ぼく、もう帰る場所が、なくなってしまうんです。」

さっきは「おれ」といってたのに、オニは、弱々しくいいます。

「どういうことなん？」

アイドルが、やさしくききました。

「ぼくがいた、せつぶんの本が、すてられることに、
なってしまったんです。」

「すてられるって。そんなあほな！」

アイドルがおこりました。

おこりすぎて、顔（かお）がおばちゃんになっています。

「けど、どうしてなん？」

「ぼくらの本が、わるい本になってしまったんです。」

「なんで、わるい本なん？」

オセロが、おどろいて、目を白黒（しろくろ）させました。

「せつぶんの本の中では、ぼくたちオニが、
わるものになって、まめをぶつけられるでしょ。」

「せやな。オニはーそと、
ふくはーうちっていうもんな。」
ボードゲームが、
まめまきのまねをしました。
「そうです。でも、ぼくたちオニが、
まめをぶつけられるのが、
かわいそうだと、せつぶんの本は、
すてられることになってしまったのです。」
「せつぶんの本が、なくなってしまうの？」
車が、おどろいてきくと、
「いいえ。」と、オニは首（くび）をふります。

「新しい、せつぶんの本がきます。いいオニが、プレゼントを持って、やってきて、みんなで、まめをまきます。」

「なにそれ？　へんなの。」

あそび室のみんなは、はらがたつやら、おどろくやら。

ボードゲームだけは、おちついて、こういいます。

「しかたないやん。それも人生や。新しい居場所を、さがしたらいいやん。」

「よくもそんな、むせきにんなことが、いえるな。かわいそうやと思わんか。」

けんだまは、おこっています。

「けど、そうするしかないでドンドコドン。

ボードゲームも、同じでドコドン。
病気で一回休んだり、
お金が入ったと思ったら、
ぜんぶなくなったり。
それでも前に進むで、
ドコドンドコドン！」

たいこが、力強くいうと、

「そうだ。ぼくまで、本といっしょに、
すてられたりするものか。」

オニは、かなぼうを持ち上げて、
せんげんしました。

「オニは、なにか、
やりたいことって
あるのかな？」
マリーが、たずねました。
「ぼく、ラーメン屋さんで、
はたらきたい。」
オニはちょっぴり
うれしそう。
「それいいな。
うまくいくように、
ぼくらも、協力しよ。」

けんだまがいいます。

「ラーメン屋さんて、どこにあるか、おりづるわかる？」

マリーにきかれて、おりづるは、とくいげにこたえました。

「もちろん、しってる。ちょっと遠いけど、食べもの屋さんが、集まってる場所がある。」

「はやくいこ！」

ボードゲームが、よだれをたらして、校門へ、むかいます。

「よし。みんなで、いってみよ。」

アイドルがいうと、あそび室のみんなは、声をあげて、外に出ました。

道を、二列になって、歩きます。
おりづるは、みんなの先を、すいすいとびます。
角と飛車は、つかれたといって、車にのりました。
オセロはときどき、手足をひっこめ、
コロコロと、ころがります。
「なあ、おりづる。
そこは、なに屋さんがあるの？」
アイドルが、シャキシャキ
歩きながらききます。
「ラーメン屋さんとカレー屋さん。
それから、おすし屋さんがならんでる。

道をはさんだむこうには、
ファミリーレストランも、あるよ。」
おりづるは、こたえます。
かっぱ橋をわたった先に、銀行があります。
「たまるバンク」のかんばんが見えてきました。
そのときです。銀行のドアが開いて、
おばあさんが、出てきました。
にやにやわらっています。
そのすがたを見たとたん、
「あっ、魔女や！」
と、オニがさけびました。

魔女は、立ちどまり、

「こっ、こっ、こここ、こんにちは。」

きょどきょどしながら、目をそらしました。

「魔女は、今、どうやってくらしてんの？　みんな、心配してたよ。」

「まあ、なんとかやってるし。ごめん、わたし、いそいでるんや。」

そういうと、さっさと歩いていきました。

「あのう、オニさん。今の魔女って、なんの魔女？」

けんだまが、ききます。

「『白雪姫』の、絵本の魔女です。二週間前に
よくない本やってことで、すてられたんです。」

「よくないの？」

「だって、あの魔女は、
どく入りリンゴを、
白雪姫に食べさせる
わけですから。」
「どく入りだけに、
お気のどく。」
角がいったけど、
だれもわらいません。
魔女のせなかは、
そうごう病院のかどを、
まがってきえました。

「とにかくいくよ。」

アイドルが声をかけると、あそび室のみんなは、魔女のあとをおうように、歩きました。

かどをまがると、ファミリーレストランのかんばんが、見えてきました。魔女のすがたは、もう見あたりません。

「魔女は、どこへ、いったのかなぁ。」

オニが首を、ひねります。

「それにしても、銀行から出てきたとき、うれしそうに、わらってたな。お金が入ったんかな。」

アイドルが、気にしています。

「ほら、そこの横断歩道を、わたるよ。」

けんだまが、ゆびさしました。
角と飛車は、ざんねんそうに、
ファミリーレストランを見ます。
「はやくいくで、ドンドコドン！」

たいこが見つめる場所には、カレー屋さんとラーメン屋さん、
そしておすし屋さんがならんでいました。

スクエアカレー
さんかくラーメン
スクエアカレー
さんかく
ラーメン

オニは、まようことなく、ラーメン屋さんを目ざします。
みんなが、ドアの前に立つと、ウィーンと、自動ドアが開きました。

どやどやと、あそび室のみんなが入っていくと、ちゅうぼうで、
おじさんがしょんぼりと、いすにすわっていました。

「ぜんぜん、やる気、なさそうやな。」

「おきゃくさん、おらへんし。」

角と飛車が、しぶい顔です。

「おじさん、どうしたの？」

マリーが、声をかけました。

「おなかでも、いたいの？」

アイドルが、ちゅうぼうを、のぞきこみます。

おじさんは、顔をあげていいました。

「おたくら、おきゃくさん？」

「あのぅ、ぼく、ここではたらきたいと思って、きたんです。」

オニが、きんちょうしながらいいます。

とたんに、おじさんは、

「あはははははへほ……はたらくて、あんた……あはははへはへほ。」

なにがおかしいのか、わらいがとまりません。

そしてとうとう、わらいながら、なきだしました。

「……この店、もう、十日前から、ひとりもおきゃくさん、きてないんやで。どうやって、はたらくねんな。」

おじさんは、まるいいすにすわって、うなだれます。

「まるで、ボクシングのしあいに負けた、せんしゅみたい。」

オニが、
「あーあ。」とためいきをつくと、
「そんなこと、いうもんやないで。
オニは、ここではたらきたかったんと、
ちがうの？」
アイドルが、きびしい声（こえ）で
いいます。
「けど、おきゃくさんが
こないんじゃ、
はたらけないでしょ。」
オニもざんねんそうです。

「たしかに、オニの、
いうとおりやけど。」
「ぼく、カレー屋さんでも
いいですから。」
オニが、明るくいいます。
「せやな。
となりのカレー屋さんで、
きいてみよか。」
オニとあそび室のみんなは、
となりのカレー屋さんに、
むかいました。

オニは、こんどこそはと、カレー屋さんのドアを、開けました。
ところが、カレーのにおいが、まったくしません。
エプロンをした女の人が、ぽつんとすわっていました。
顔をあげて、みんなを見ます。

「おきゃくさん……じゃ、ないよね？」

うすく開けた目は、つかれきっています。

「なんか、ここも、へんやな。」

角がオニに、耳うちします。

「どうする、オニ？」

さすがに、はたらかせてくださいとは、いいにくい感じです。

「あのぅ、このお店も、おきゃくさんが、こないんですか？」

マリーが、すまなそうに、ききました。

「そうなんですよ。十日前から、プツリとおきゃくさんが、こなくなってしまったんです。」

「ここも、十日前!?」

「ここもって、どういうことですか？」

女の人が、きいてきます。

「となりのラーメン屋さんも、十日前から、
おきゃくさんが、こなくなったそうです。」

「ラーメン屋さんもですか！」

女の人が、口を大きく開けて、おどろきます。

メニュー
今日のカレー
チキンカレー
ランチセット
マハラジャセット
スーパーデラックスセット
からさをえらんでください
からくない
0,1,2,3,4,5,6,7,8,9,10
からい!

すると、

「ちょっとわたし……。」

アイドルは、

店の外に出ました。

「どうしたん、アイドル？」

マリーが、おいかけます。

アイドルは、

ならんでいるお店の、

おすし屋さんに、むかいました。

ほかのみんなも、おいかけます。

「やっぱりや！」

アイドルが、ドアの前で、
さけびました。
「なにが、やっぱりなん？」
マリーが、たずねました。
アイドルはこたえずに、
ずんずん、お店に入りました。
おすし屋さんのおじさんは、
もうやけくそです。
マグロの頭をかぶって、
おかしな歌を歌いながら、
おどっていました。

タイでたたかれ　いたいタイタイ
おしりをふれば　ブリブリブリブリ
だれがやったか
おいらヒラメ　おいらヒラメ
これじゃ　おさきは
マッグロだ　ああ　マッグロだ

「かなり、きけんやな。」

けんだまが、まゆをひそめます。

「けど、楽しそう。」

角と飛車は、頭にイクラをのせると、
なかまに入って、おどります。

「おじさん、いつから、おどってんの？」

アイドルがきくと、

「十日前からや。おきゃくさんが、こんのや。」

おじさんがいっても、もうだれもおどろきません。

「なあ、アイドル。どうしてかな。」

マリーにきかれても、アイドルには、わかりません。

「とにかく、外に出よ。」
アイドルとマリーが、
おすし屋さんを出ると、みんな、
心配そうに集まってきました。
しかし、どれだけ考えても、
わけがわかりません。
「それにしても、おかしいで、
ドンドコドン。」
「なにが？」
アイドルが、たいこにききます。
「ほら。」と、たいこがゆびさします。

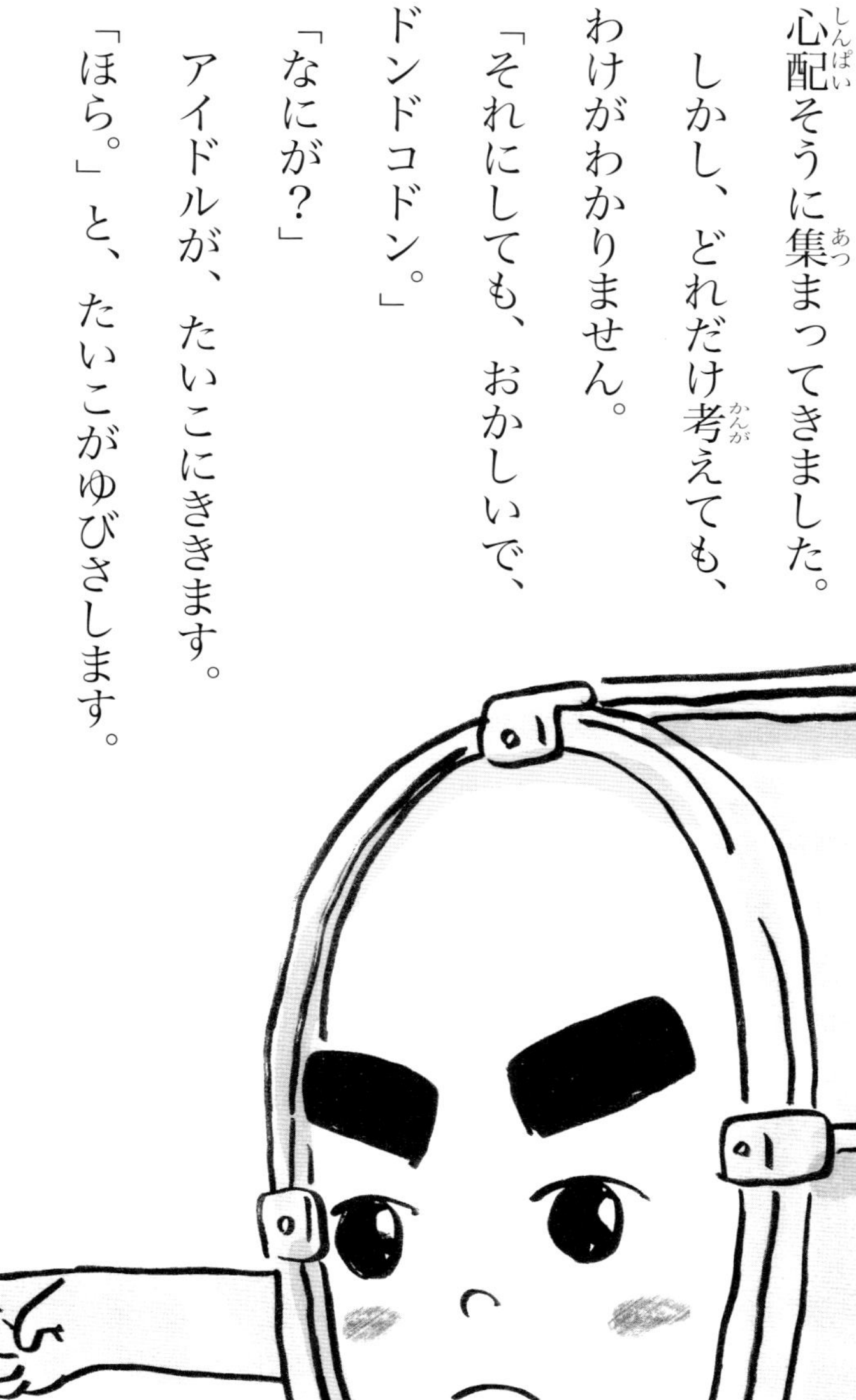

「むこうの、ファミリーレストランには、
おきゃくさんが、ドンドコ入っていくで、ドンドコドン。」
「ぼくも、気になってるんや。」
オニもいいます。

道路のむこうの、ファミリーレストランには、
ぞくぞくとおきゃくさんが、入っていきます。
ちゅうしゃじょうも、車でいっぱい。
なのに、道ひとつはさんだ、こちらには、車が一台も入ってきません。

「ぼく、ちょっと、きいてくる。」

オニが、横断歩道へむかいます。

「わたしらも、いく。」

あそび室のみんなが、おいかけます。

オニが、ファミリーレストランから
出てきた、三人の家族に、近づきます。

「わー、オニやー。」

お父さんは、おどろいたけど、
お母さんと子どもは、よろこんでいました。

「今、レストランで、食事をしてきたんですよね？」

「まあ、そうやけど。」

お母さんが、こたえました。

「ラーメンとか、
カレーとか、食べようとは、
思いませんでしたか。」
「食べてもいいけど、
お店がなかったから。」
「ぼく、カレー屋さんの
カレー食べたかった。」
男の子がいいます。
「ほら、道のむこうに、
ラーメン屋さんが
あるでしょ。

カレー屋さんも。」

「えっ？　どこにあるの？」

ふしぎなことに、

三人の目には、

見えていないようです。

「なんか、魔法に

かかってるみたい。」

マリーがいった、

そのときです。

「そうや！　魔法や!!」

オニが、さけびました。

「どうしたん？」

アイドルがオニを見ると、
オニは、ファミリーレストランの
たてものを、じっとにらみつけています。

「魔女が、魔法をかけてるんや！」

「魔女って。さっき出会った、

『白雪姫』の魔女？」

けんだまが、たしかめます。

「そう。そんなことをして、お金をもらってるんや。」

「けど、どうやって？　どんな魔法を？」

オセロがたずねます。

「たぶん、ラーメン屋さんやカレー屋さん、おすし屋さんが、見えなくなる魔法です。あの魔女なら、それくらいのことはできるでしょう。」
オニのいうことには、せっとく力があります。

「ほな、ちょっと
レストランの中を、
さぐってみよか。」
アイドルが、いいます。
「やったあ！」
「人生、いがいと、
ちょろいかも。」
角と飛車が、
ガッツポーズではねます。
「食べにいくのと、ちゃうで！」
アイドルがふたりの前に、立ちはだかります。

店に入ると、アイドルと
よくにた店員さんが、
「いらっしゃいませ。
なん名さまですか？」
と、声をかけてきました。
「わたしら、
食べにきたのとは、
ちがうんですけど。」
アイドルが、こたえると、
「じゃあ、帰ってください。
さようなら。」

と、店員さんはきっつい声で、
いいかえしました。
「そういうわけに、
いかないんです。」
「はあっ？」
「ききたいことが、
あるので、店長さんを、
よんでください。」
「わかりました。」
店員さんが、しぶしぶ、
店のおくにいきます。

しばらくすると、スーツすがたのおじいさんが、みんなの前にあらわれました。

店長さんのくせに、にこりともしません。いやな感じです。

アイドルが、きいてみました。

「黒いふくをきた、おばあさんが、ここではたらいていませんか？」

金魚すくいでにげまわる、金魚みたいに、店長さんの目が、およぎました。

「おばあさんなんか、いませんよ。」

「いえ、ぜったいに、いるはずです。」

オニが、しゅちょうすると、

「そんなことをいう前に、きみのほうこそ、ふくぐらい、きなさい。

ここは、せつぶんの絵本の中じゃないんだから。」

たしかに、ほかのおきゃくさんも、いやーな目で見ています。

ハンバーグセット

「わかった。アイドルもオニさんも、外に出よう。」

けんだまが、なだめます。

と、角や飛車、ほかのみんながいません。

店内を見まわすと……。

「あっ、あそこ！」

マリーが、びっくりしてさけびます。

たいこと、角と飛車。そして車とボードゲームが、
せきにすわって、ピザやハンバーグ、プリンなんかを食べています。
「ちょっと、あんたら、なにしてんの。」
アイドルが、こわい顔でつめよります。

「お金、持ってないのに、けいさつにつかまるで。」

けんだまが、カタカタあせっています。

なんていわれるか、心配で、店長さんを見ました。

すると、店長さんはにこにこしながら、

「お金はいいですから、帰ってください。」

と、やさしくいいます。

「げげげー！　ただでいいんやあ!!」

けんだまは、おどろきすぎて、頭がころがってしまいました。

アイドルも、

「ただなら、食べたらよかった。」

ぶつぶつ、もんくをいいます。

「そういえば、おりづるとオセロは、どこにいったん？」

ファミリーレストランを出ると、ボードゲームが、ききます。

「空の上から、魔女をさがしてるのとちがうかな？」

車がこたえました。

「それにしても、さっきの店長さん、なんかあやしいな。」

アイドルが、ふりかえると、ドアのそばでまだ、店長さんが、
こっちをにらんでいます。

「なんにもいってないのに、オニのこと、せつぶんのオニって、
ひと目で見やぶったもんな。」

マリーは、よくきいています。

「やっぱりぼく、あの人、どっかで見た……あれはたしか。」

オニがいいかけた、そのときです。
青い空から、オセロをのせて、
おりづるがおりてきました。

「なあ、みんな。魔女を見つけたよ。」

おりづるはうまく、車にとまりました。

「どこにいてたん？」

けんだまがきくと、オセロが、上のほうを、ゆびさしていいます。

「ほら、あそこ。かんばんの上にのって、光の花びらみたいなのを、まいてる。」

みんなは、ファミリーレストランのかんばんを、見上げました。

ここからだと、高い木にとまった、セミくらいにしか見えません。

「よし。ぼくにまかせて。」

オニは、ポケットから、まめを出すと、アイドルにわたしました。

そして、持っていたかなぼうを、やきゅうのバットみたいに、かまえます。

「そのまめを、ぼくのほうへ、なげてもらえるかな。このかなぼうでうって、

魔女にめいちゅう
させるから。」
「めいちゅうしたら、
どうなるの？」
「ショックで、
魔力がきえて、
落ちてくるはず。」
「そっか。
オニがにげるほどの、
まめやもんな。　わかった。
さっそくやってみよ。」

アイドルが、
まめをひとつぶなげます。
「ほんまに、あたるんかな？」
オセロが、ぼそっとつぶやきます。
「オニに、かなぼ──！」
さけびながら、オニが、ブルンと、
かなぼうをふりぬくと……。
「うわぁ、しまった！」
かなぼうは、
オニの手をスルッとぬけ、
ビューンと、とんでいきました。

ファミリーレストラン
おいしかった
ハンバーグ
定食

そして、
そのまままっすぐに、
なぜかせいかくに、
魔女の顔に、
ガツン！　と、
きょうれつないちげきを、
くらわせました。
そうなると、
魔力がどうとかこうとか、
かんけいありません。
「ぎょへ―――！」

と、魔女は、
うめき声をあげて、
どさっとじめんに、
たたきつけられました。
黒いコートの下に
かくれて、魔女は、
ピクリとも動きません。
「ちょっと、やばいかも……。」
あそび室のみんなは、
こわごわ黒いかたまりに、
近よりました。

オニが、黒いコートをめくります。
「あれっ？」
コートの下には、なにもありません。
そのとき頭の上を、まっ黒に光るカラスが、
「カァ、カァ、カァ。」と、おこりながら、
とんでいきました。

「にげられてしまったな。」

オニが、カラスを見ながらいいます。

「へえ、あの魔女（まじょ）、カラスやったんや。」

けんだまが、感心（かんしん）します。

「そうや！　思い出した！」

オニがさけびました。

「なにを？」

「あの店長、いじわるじいさんや！」

「いじわるじいさん？」

みんなの声が、かさなりました。

「そう。『はなさかじいさん』に出てくる、わるいじいさん。」

「ああ、犬をころしちゃったやつ……。」

マリーが、ぶるぶるふるえます。

「そうです。
犬をころすのがかわいそうだから、
『はなさかじいさん』の本も、
すてられるんです。」
オニが、ちょっぴりさみしそうに、
いいました。
「じゃあ、みんなで、つかまえよう。」
ボードゲームが、
ファミリーレストランへむかいます。
しかし、そのひつようは、
なかったみたい。

ファミリーレストランの入り口に、
人が集まっていました。
店長さんが、ファミリーレストランの
店員さんたちから、せめられています。
どうやら、魔女がいなくなったので、
店員さんたちにかけられた魔法が、
とけたみたい。
「ちょっと、あんた、
店長は、どこへやったの！」
店員さんが、おこっています。
「トイレの、そうじ用具を入れる、

ロッカーの中です。」

「なんてことするのよ。」

「でも、トイレのそうじは、
しておきました。」

「それはありがとう……
じゃ、ないわよ！」

店員さんは、いそいで走っていきました。

ほんものの店長さんが、やってくると、
おじいさんは、すっかり
しょぼくれてしまいました。

「けいさつに、つきだしましょう。」

店員さんは、おこっています。

そのとき、アイドルが、
前に進み出ました。

「すみません。
このオニさんもおじいさんも、
今までいた絵本が、すてられて、
帰る場所が、なくなるんです。
だから、どこかに居場所を、
さがさないといけないんです。
どうか、わかってあげてください。」

アイドルが、おねがいしますと、頭を下げました。

なみだが、ぽとりとおちます。

ほかのみんなも、同じように、おねがいしました。

すると店長さんは、

「わかりました。」

と、えがおで、ゆるしてくれます。

「いいんですか、店長？」

店員さんは、ふまんそうです。

「きみだって、前の店をおいだされて、ここにきたんだろう。」

「それは、そうですけど……。」

「あのぅ、店長さん。この人はどうして、前の店を、おいだされたんですか？」

アイドルがききます。

「おきゃくさんの料理を、つまみ食いするくせがあるんです。」

「それって、いちばんやったらあかんやつや。」

それをきくと、みんな、わらいました。

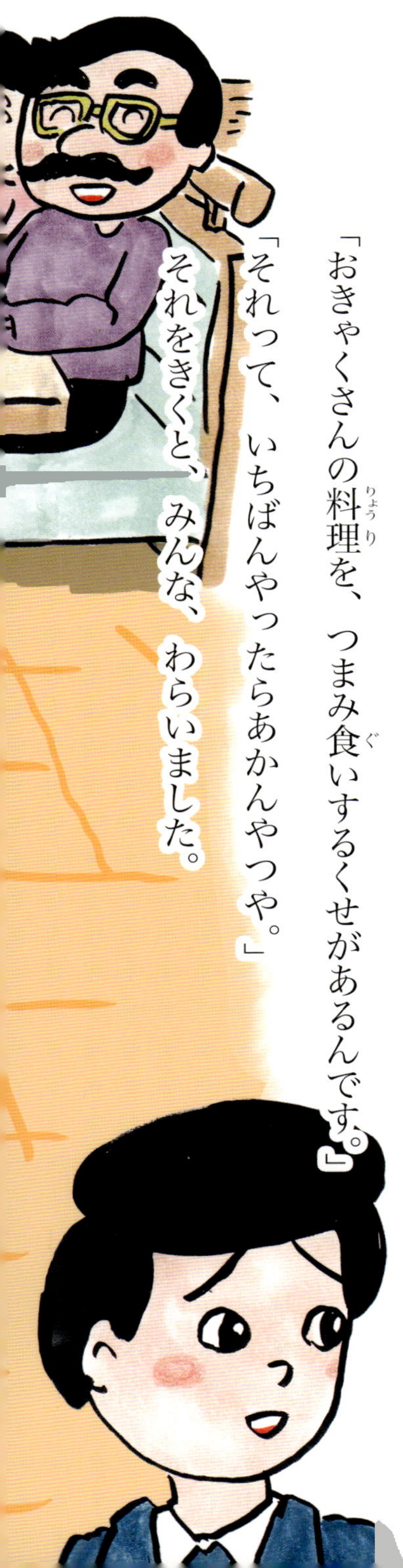

「そしたら、もう一回、ラーメン屋さんにいってみよか。」

けんだまが、オニに話しかけます。

道のむこうを見ると、どの店の前にも、おきゃくさんの車が、
とまっていました。

やっぱり、魔女の魔法のせいで、
おきゃくさんが、こなかったようです。

スクエアカレー
さんかくラーメン

「おじいさんも、どこかではたらけないか、たのんでみよ。」

マリーは、やさしく話(はな)しかけます。

あそび室(しつ)のみんなが、歩(ある)きだそうとしたときです。

「ちょっとまって！」

店員(てんいん)さんが、よびとめました。

「さっき食べたぶんは、
はらってくださいね。」
「げげげげげ――っ！」
「ただとちがったん
か――い！」
角と飛車が、
のけぞっています。
「もう、
魔法がとけたんで。
はい、はらってください。」
店員さんが、つめよります。

ファミリーレストラン
おいしかった
ファミリーレストラン
おいしか

「おーい、魔女やーい。
もう一回、魔法を、
かけてやー。」
　角と飛車は、
空にむかって、
むなしくさけびました。
　しかし空には、
魔女はもちろん、
カラスの一わも、
とんでいませんでした。

どうですか。きょうも、あそび室のみんなは、ドキドキでしたね。

その後、オニはラーメン屋さんで、おじいさんはカレー屋さんではたらくことになりましたが、魔女だけはどこへいったかわかりません。

どこへいったんでしょうかね？

みんながすんでる町で、とてもはやっている店があったら、

あたりを、さがしてみてください。

もしかして、魔女がいるかも、ですね。

それやったらあかんやつって、なにかある?
ほんもののスイカで、ビーチバレーってどうやろ。

ハイ、レシーブ!
ハイ、トス!
ズゴッ

ドギャーン
ハイ、スパイク！
手をけがしそうや。

村上しいこ●作

三重県生まれ。

『うたうとは小さないのちひろいあげ』で第53回野間児童文芸賞受賞。おもな作品に「へんなともだち マンホーくん」シリーズ（たかいよしかず・絵）、「七転びダッシュ！」シリーズなど。

「わたしはむかし、料理屋さんをやっていました。『そのうちいくから。』といってくれる友だちはいましたが、まずきてくれません。『そのうちいく。』というのは、『たぶんいかない。』ということだと、しりました。」

ホームページ
http://shiiko222.web.fc2.com/

田中六大●絵

1980年東京都生まれ。

『うどん対ラーメン』などの絵本のほか、さし絵を担当した本に『アチチの小鬼』（岡田淳・作）、『おたすけじぞう』（はるくはるる・文）、『ぼくはなんでもできるもん』（いとうみく・作）など。

「つまみぐいできるなら、何屋さんで働きたいかなあ。やっぱりお菓子屋さんかなあ！」

わくわくライブラリー
あそび室の日曜日　マグロおどりでおさきマっグロ

2024年11月26日　第1刷発行

作　村上しいこ
絵　田中六大
装丁　脇田明日香

発行者　安永尚人
発行所　株式会社講談社
〒112-8001 東京都文京区音羽2-12-21
電話　編集 03-5395-3535
　　　販売 03-5395-3625
　　　業務 03-5395-3615
印刷所　株式会社精興社
製本所　島田製本株式会社

KODANSHA

N.D.C.913 95p 22cm ISBN978-4-06-537412-2